EN CADEAU

LA VERSION AUDIO DU LIVRE

COMMENT ÇA MARCHE ?

1

TÉLÉCHARGEZ L'APP
Quelle Histoire

2

DÉVERROUILLEZ
votre livre

3

ÉCOUTEZ
votre histoire

Disponible sur App Store — Disponible sur Google Play

Application compatible toutes tablettes et smartphones
à partir de iOS 8 et Android 4.4.

Quelle Histoire

Édition et conception : Unique Heritage Editions SAS. 141, boulevard Ney 75018 Paris
Illustrations : Bruno Wennagel, Mathieu Ferret, Robin Pécontal
Textes : Julie Gouazé, Mona Dolets
Édition : Louise Vernet
Direction artistique : Kagna Toung
Maquette : Laure Després

Siège social : 141, boulevard Ney 75018 Paris

www.quellehistoire.com

Fabriqué par Labelfab / Achevé d'imprimer en France par Pollina (85) - 95934

Dépôt légal mars 2021

Loi n°49-956 du 16 juillet 1949 sur les publications destinées à la jeunesse

PEFC 10-31-2065

Mythes & Légendes

LE MINOTAURE

UN MAGNIFIQUE TAUREAU BLANC

Minos, le puissant roi de Crète, demande un jour à Poséidon de lui offrir un taureau comme symbole de son pouvoir. En échange de ce cadeau, il promet de lui sacrifier l'animal. Le dieu des Mers s'exécute et Minos reçoit un somptueux taureau blanc tout droit sorti des flots. Devant la beauté de celui-ci, Minos est incapable de tenir sa promesse et, à la place, sacrifie un taurillon de son troupeau. Mais il ne faut pas longtemps à Poséidon pour se rendre compte de la supercherie... Il entre alors dans une terrible colère ! Minos ne le sait pas, mais il vient de provoquer une véritable catastrophe...

I

LA VENGEANCE DE POSÉIDON

Poséidon prépare sa vengeance et il ne manque pas d'imagination… Il utilise ses pouvoirs pour rendre Pasiphaé, l'épouse de Minos, très amoureuse du taureau ! Cette dernière aimerait déclarer sa flamme à l'animal, mais comment faire ? Elle demande alors l'aide de Dédale, un talentueux architecte, qui a une idée de génie : créer une vache en bois dans laquelle Pasiphaé se cachera pour approcher du taureau sans qu'il se méfie. Et c'est un vrai succès ! L'animal n'y voit que du feu et tombe sous le charme de la fausse vachette.

LA NAISSANCE DU MINOTAURE

De ses amours avec le taureau, Pasiphaé donne naissance quelques mois plus tard à Astérion. Mais loin d'être un enfant ordinaire, c'est une créature à la tête de bovin et au corps humain, que l'on appelle le Minotaure ! Mère dévouée, Pasiphaé s'en occupe les premiers temps, mais le bébé se montre vite de plus en plus féroce, au point qu'elle commence à en avoir peur. Le garder au palais devient dangereux ! Pour Minos, il est hors de question que le monde sache que sa femme a eu un tel bébé. Il lui faut trouver une solution.

III

LE LABYRINTHE DE DÉDALE

À son tour, Minos va trouver Dédale et lui demande de construire un labyrinthe qui servirait de prison au Minotaure. L'architecte imagine alors un entrelacement de couloirs, d'impasses et de pièces tellement compliqué que, une fois à l'intérieur, l'unique porte serait impossible à trouver… Plusieurs années lui sont nécessaires pour arriver au bout de cette imposante construction. Et quand enfin le labyrinthe est terminé, le Minotaure est devenu une terrifiante créature. Il est urgent de l'éloigner des habitants de l'île.

IV

LA PRISON DU MINOTAURE

Le Minotaure, attaché, est mené devant l'unique entrée du labyrinthe. Les gardes du roi ont juste le temps de libérer la bête de ses chaînes, avant qu'elle ne disparaisse dans la pénombre. Comme tous les Crétois ont peur de lui, son emprisonnement est un soulagement. Désormais, il est condamné à errer dans les couloirs sans fin imaginés par Dédale. Puis les semaines passent et on oublierait presque sa présence… Mais bientôt, des grognements retentissent dans toute l'île : la créature n'a pas mangé depuis longtemps et a besoin de chair humaine…

LE TRIBUT DES ATHÉNIENS

Pour nourrir le Minotaure, Minos va utiliser la dette que lui doivent les Athéniens après sa victoire sur la ville. Et c'est ainsi que tous les neuf ans, sept jeunes hommes et sept jeunes femmes de la cité sont envoyés en Crète pour servir de nourriture fraîche au monstre. Déjà deux convois sont partis sous le regard désespéré des parents et d'Égée, le roi d'Athènes. Et malheureusement, la date du troisième tribut est arrivée... Un à un, les sacrifiés sont désignés et montent sur l'estrade devant une foule silencieuse. Enfin, vient le moment de choisir le dernier...

VI

LA DÉCISION DE THÉSÉE

Thésée, le fils d'Égée, ne supporte plus ces sacrifices humains. Il se porte alors volontaire pour ce prochain convoi, avec une seule idée en tête : terrasser la créature. Bien entendu, son plan est un secret, seul son père est mis dans la confidence. Même s'il est fier de son fils, Égée a peur pour lui, et essaie de l'en dissuader, en vain. Thésée, n'écoutant que son courage, embarque malgré tout pour la Crète avec les treize autres Athéniens. Le bateau, qui a hissé une voile noire en signe de deuil, abrite le futur adversaire du Minotaure.

LE FIL D'ARIANE

Une fois arrivés en Crète, les prisonniers sont présentés au roi Minos et à sa fille Ariane. Puis ils sont enfermés dans une cage, en attendant d'être jetés dans le labyrinthe. Mais Thésée, astucieux, parvient à s'échapper... Discrètement, il sort du palais et croise Ariane dans les jardins. Entre eux, c'est le coup de foudre. Alors, le jeune homme lui fait part de son projet. Ariane, refusant que son amoureux meure, lui donne le seul moyen de sortir du labyrinthe : une pelote de laine, confiée par Dédale. Ainsi équipé, il peut se rendre devant l'unique entrée de l'édifice...

LA MORT DU MINOTAURE

Tandis que les treize jeunes sont poussés dans le labyrinthe, Thésée, de son côté, prend le temps de nouer le fil de laine à la porte puis à sa cheville. Il peut maintenant parcourir le labyrinthe sans crainte de se perdre. Il avance prudemment en tendant l'oreille, guidé par les râles du monstre. Par chance, il trouve le Minotaure endormi dans sa chambre. Vite, il faut en profiter ! Thésée se jette alors sur lui et le transperce de son épée. La bête rend son dernier souffle... Thésée va ensuite délivrer ses compagnons et, ensemble, ils remontent le fil d'Ariane pour retrouver la sortie. Enfin libres, tous reprennent le bateau direction Athènes, mais oublient de hisser la voile blanche pour annoncer leur victoire !

LA TRANQUILLITÉ RETROUVÉE

Sans la voile blanche, les Athéniens pensent que l'aventure est un échec, et Égée, désespéré, se jette du haut d'une falaise dans la mer. Cet oubli est terrible, mais Thésée est accueilli en héros. Grâce à lui, finis les sacrifices humains ! La dépouille du monstre est restée là où Thésée l'avait laissée et n'a certainement jamais été retrouvée. Quant au labyrinthe, il a servi de prison à d'autres personnages, mais ça, c'est un autre récit... Depuis cette aventure, le Minotaure n'est pas tombé dans l'oubli, mais il n'est plus qu'une histoire qui fait peur, racontée aux enfants.

X

LES LIEUX EN LIEN AVEC LE MINOTAURE

LÉGENDE DE LA CARTE

1

MER IONIENNE

C'est au fin fond de la mer Ionienne que Poséidon vit, dans son immense palais. Comme il a un très mauvais caractère, il a préféré vivre dans les océans plutôt que sur le mont Olympe, avec les autres dieux.

2

MONT OLYMPE

Au sommet de ce mont se trouve le palais des dieux, sauf Poséidon qui a préféré les mers et son frère Hadès, les Enfers. De là, les dieux contrôlent les hommes et reçoivent les dons qui leur sont faits.

3

PALAIS DE MINOS

Minos gouverne sur toute la Crète depuis son palais. Dans l'une de ses chambres Pasiphaé, son épouse, donne naissance au Minotaure. Et c'est dans le jardin qu'Ariane confie la fameuse pelote de laine à Thésée.

4

LABYRINTHE

Construit non loin du palais de Minos, c'est ici qu'est enfermé le Minotaure. Cette immense construction a été imaginée par le talentueux Dédale et se compose d'une multitude de pièces et de couloirs interminables.

5

ATHÈNES

La cité, construite presque au bord de la mer Égée, doit son nom à sa protectrice : la déesse Athéna. Capitale de la Grèce, c'est de son port qu'embarquent Thésée et les treize autres sacrifiés pour l'île de Crète.

6

MER ÉGÉE

Située entre la Grèce et la Turquie, cette mer tient son nom du roi Égée. En effet, en apercevant la voile noire hissée sur le mât du bateau de Thésée, il crut à la mort de son fils et se jeta d'une falaise, dans la mer.

POSÉIDON

Le dieu des Mers et des Tempêtes aime qu'on lui obéisse. Alors il ne supporte pas que Minos ait cherché à le tromper. Et pour se venger, il inspire à Pasiphaé une passion amoureuse pour le taureau blanc qu'il a créé.

MINOS

Fils de Zeus et de la princesse Europe, il devient le roi de l'île de Crète. C'est parce qu'il ne tient pas sa promesse que se déclenchent tous les événements qui aboutissent à la naissance du Minotaure.

DÉDALE

Architecte personnel du roi Minos, il est aussi un inventeur et un sculpteur de talent. Non seulement il fabrique la vache en bois destinée à Pasiphaé, mais il imagine également l'immense labyrinthe qui sert de prison à la bête.

PASIPHAÉ

Fille d'Hélios, le dieu du Soleil, elle est celle qui « brille pour tous ». Ensorcelée par Poséidon, elle s'éprend du taureau blanc et demande de l'aide à Dédale. Neuf mois plus tard, elle engendre un enfant monstrueux : le Minotaure.

THÉSÉE

Le fils d'Égée, roi d'Athènes, se porte volontaire pour faire partie du convoi des futurs sacrifiés au Minotaure. Il part avec l'idée de tuer le monstre qui dévore depuis trop longtemps les jeunes gens de la cité.

ÉGÉE

Le roi d'Athènes, très attaché à son fils, est inquiet de le voir partir pour combattre le Minotaure. Croyant même qu'il n'a pas réussi à le tuer, Égée se jette dans la mer, qui porte désormais son nom.

ARIANE

Fille de Minos et de Pasiphaé,
Ariane tombe amoureuse de Thésée.
Après avoir pris des informations auprès
de Dédale, elle confie une pelote de laine
qui permettra à son amant de sortir du
labyrinthe sans se perdre.

ICARE

Après la fuite de Thésée et d'Ariane,
Minos se venge et jette Dédale et son fils
Icare dans le labyrinthe. Pour s'échapper,
son père lui colle des plumes d'oiseaux
sur les bras avec de la cire. Mais il
meurt en s'approchant du Soleil...

LA VACHE EN BOIS

Dédale fabrique cette structure en bois à la demande de Pasiphaé. Il ajoute par-dessus une peau de vache qui permet à la reine d'approcher sans crainte le taureau dont elle est amoureuse. Sa ruse est une réussite !

LE BATEAU

Thésée et treize jeunes Athéniens embarquent sur ce bateau pour être sacrifiés au Minotaure. Une voile noire est hissée en signe de deuil. En cas de réussite, le bateau reviendra avec une voile blanche, mais Thésée l'oublie...

LES CHAÎNES

Le Minotaure est une créature si puissante qu'il faut des chaînes très solides pour l'emprisonner. Elles sont notamment utilisées pour le conduire jusqu'à l'entrée du labyrinthe, sa dernière demeure.

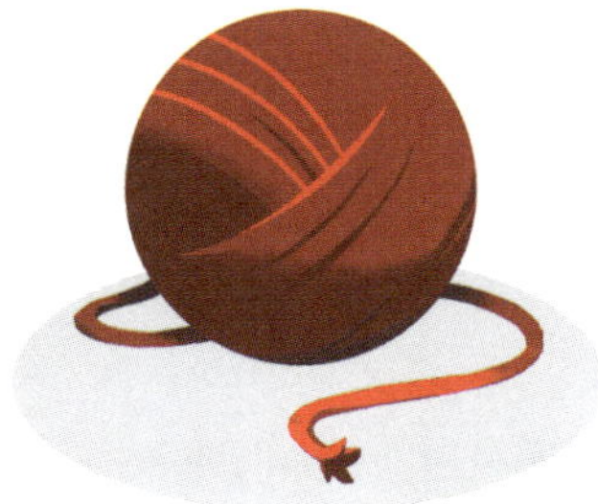

LE FIL D'ARIANE

L'architecte Dédale confie à Ariane le secret pour sortir du labyrinthe sans se perdre : nouer le fil à la porte d'entrée et à la cheville. À son tour, Ariane le donne à Thésée qui entrera avec l'esprit tranquille...

LE JEU DES 7 ERREURS

Trouve les 7 différences entre l'image de gauche et l'image de droite.

Solution : la pointe du kiosque, le toit, la deuxième colonne, le bandeau, la pelote, le jet d'eau, les fleurs.

LE JEU DU LABYRINTHE

Aide Thésée à trouver le chemin du Minotaure.

Solution : le bon chemin est le numéro 2.

LE JEU DES OMBRES

Retrouve la bonne ombre d'Ariane.

Bonne réponse : l'ombre c.

LE JEU DU QUIZ

1. Le Minotaure est l'enfant de Pasiphaé et...

a. D'un cheval

b. D'un taureau

c. D'un bouc

d. D'un veau

2. Quel héros part vaincre le Minotaure ?

a. Thésée

b. Hercule

c. Ulysse

d. Jason

3. Quel objet permet de sortir du labyrinthe ?

a. Une clé

b. Une boussole

c. Une carte

d. Une pelote de laine

Bonnes réponses : 1.b / 2.a / 3.d.

DÉCOUVREZ LA COLLECTION

Mythes & Légendes

GRECQUE

ÉGYPTIENNE

NORDIQUE

MÉDIÉVALE

Complétez votre collection sur

WWW.QUELLEHISTOIRE.COM